소원을 빌려고 악마를 소환했는데 너무 예뻐서 결혼해 버렸습니다

~악마의 새 신부~

2

원작 **shiryu**
만화 **도나리케루**

I summoned a devil
to make my wish come true,
but I got married
because it was cute.
Devil's new wife

2

STORY
006 그곳에 테오가 있으니까

옷을
걸으마.

아
네.

......그럼

그
그랬지!

마사지
하는 거
아니었어요
......?

아아......

헤
헤
헤

막 기분이
좋아지네요……

어쩐지…
등에서부터
몸 전체가
따듯해지는 게

나라면
그런 실수
하지 않고
이렇게
치유할 수도
있거든.

후후

조금이라도
잘못하면
그대로
폭발할 수도
있지만

상대의
마력을
찾아
활성화
시키는
거지.

훗···
내 말은
들리지도
않는
모양이군.

아주
무시무시한
말을 했는데
말이지.

하아
······

기분
좋아요···

하아······

으음······

후우우

쭈물

쭈물

아앗

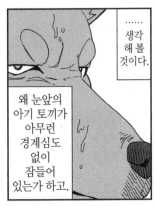

…… 생각 해 볼 것이다.

왜 눈앞의 아기 토끼가 아무런 경계심도 없이 잠들어 있는가 하고.

그러나 맹수에게 아직 이성이 남아 있다면

원래라면 아기 토끼는 단번에 잡아먹히게 될 것이다.

아니면 맹수는 자신을 공격할 리가 없다고 생각하는 걸까?

이 맹수 보다 더 강할 테니까 안심해서 자는 건가?

근처에 아기 토끼를 지켜 주는 짐승이 있고

제장……!

맹수를 믿는 것일까?

―아기 토끼는

그렇게 생각하니까 덮칠 수가 없잖아!

아기 토끼, 테오는 무방비한 상태로 조용히 새근거리며 잠들어 있었다.

새근‥‥ 새근‥‥

파들 파들

바로 그 맹수, 헬비는 어금니를 꽉 깨물며 뻗은 손을 거두느라 애쓰는 중이다.

새근
—...

새근
—...

꿈질
꿈질

......

~ 우웅...

데굴

새근
—...

새근
—...

새근
—...

삔

테오의
천진한
얼굴과
귀여운
입술이

바로
내 눈앞에!!

똑

원래라면
헬비가
위에 앉은
상태로는
몸을
뒤척일 수도
없지만

몸을
가볍게 한
덕분에
테오는 쉽게
몸을 돌려
똑바로
누울 수
있었다.

부들
부들

실례
합니다...

머뭇
머뭇
...

앗

─헉!

테오는
......

헬비
씨?

어?

그 자세로요?

테오를 마사지해 주고 있다만?

뭐 하고… 있는 거예요 ……?

옷 안에 손을 넣어 문지르고 만지작거리는 것으로밖에는……

문질 문질

만짝 만짝

누워 있는 테오 몸 위에 올라타서

어, 어떻게 봐도……

솔직히 말하마ー

흐음.

두 두 두 두

두

두 두

테오가
자는 틈에

자랑스럽게
말하지
마세요!

덮치려
했다!

19

그런 쓸데없는 질문을 하다니.

애초에 왜 자고 있을 때를 노려서……!

멋있게 대답 하려는 것 같은데

하나도 안 멋있어요!

그거야 거기에

테오가 있었기 때문이지……

네…?

처음……?

피오레.

넌 처음 이로군?

……오호, 그 반응을 보니

그렇긴 한데 왜요?

남자와 사귄 적이 없나?

너도 좋아하는 남자가 생기면 알 거다.

상대가 귀엽게 잠들어 있는 걸 보면 뭔가 하고 싶어지는 마음을!

뚜—둥!!

역시 그랬군……

아···
알고 싶지
않거든요!

피오레는
잘 모르는
모양이군.

이 세상엔
이런 플레이가
있다는 것을—!

테오가
자는데
경박하게
그게
뭐예요!

그 손
멈추세요!

프……

플레이라니……

피오레도
지식으로는
알고
있었다.

지식
으로는.

그 사람이
가끔
술자리에서
말해 주기에

……

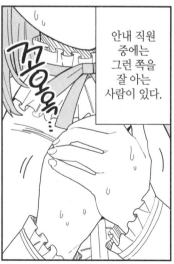

안내 직원
중에는
그런 쪽을
잘 아는
사람이 있다.

처…

첫경험이라도 그런 걸 어떻게……!

테오가 잠든 채로 있으면 너무 불쌍하잖아요!

첫경험이 이런 식이 되어도 나는 괜찮다.

오히려 권장하고 싶군.

첫경험을 모르는 채로 하는 것이?

뭐가 그렇게 불쌍하다는 거지?

아니면 내 몸을 사랑할 수 없다는 것이?

그게 아니라……

아기 토끼가 아니었다……

아기 토끼의 그곳은

나한테 별별 소리를 다 한 헬비 씨가—

헬비 씨가 깜짝 놀라 벌떡 일어난 이유를 알 것 같은데……

아니, 설마……

설마, 설마……

헬비 씨.

당신……

처음

이죠?

......

엉덩이에 손을 댄 채 고개를 돌린 헬비.

얼굴을 새빨갛게 붉히며

아무 대답도 못 하는 그 모습에 ......

피오레는

한 방 먹인 기분이 들었다.

소원을 빌려고 **악마**를
소환했는데 너무 예뻐서
결혼해 버렸습니다
악마의 새 신부 ———— Vol. 2

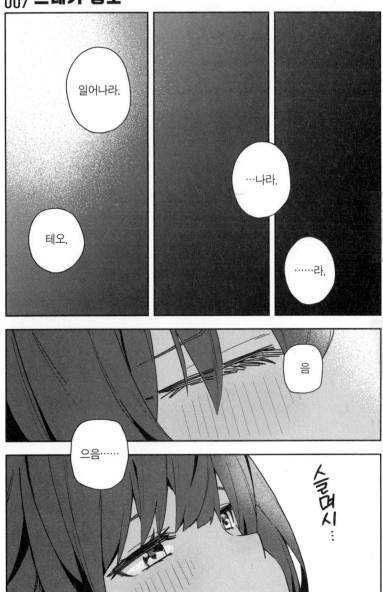

일어나라.

…나라.

……라.

테오.

음

으음……

슬며시…

헬비 씨……?

번쩍

네에에
에에?!

벌써
밤이다.

으음…

………

꼼질
꼼질

기분 좋아서
그대로
잠들었는데
……

헬비 씨의
마사지를
받으며
……

점심 식사를
차리고 먹은
다음에……

아까 분명
낮이었는데
……?!

번쩍

떡

허둥
둥질

이이음…

그러니까
테오는……

그럼
그다음
에는…?

밤까지
계속
잠들었다는
뜻이지.

머어~엉...

평소 같으면
용병 길드에서
받은 의뢰를
할 시간이다.

설마
오후의
귀중한 시간을
잠으로
써 버리다니...

오늘은 그 의뢰를
헬비와 오전 중에
다 끝냈기 때문에
오후에 할 일은
없었지만......

계속
잠들었을 줄은
몰랐어.

피오레 씨가요?

헬비 씨가 있는데 혼자 자다니.

죄송 해요……

하아…

아까까지 피오레도 이 집에 있었지.

그러고 보니…

괜찮다.

네?

그랬군요 …

어쩐지

의뢰를 끝냈는데도 길드에 안 오는 우리가 걱정돼서 집까지 찾아온 모양이야.

주로 퇴근 후 밤일 때가 많았는데…

가끔 집을 찾아올 때는 있었지만

그렇군.

괜한
걸음을
하게
했네요
……

나중에
또 들른다니까
그때
사과해라.

그렇게
할게요.

이따
저녁 식사
시간쯤에
온다고
하더군.

그래

…근데
또 온다고
그랬어요?

테오.

그러니까
식사는
3인분
부탁한다.

테오.

그럼 바로 준비를…

알겠습니다!

꽈악

아, 그럼…

우선 채소를 손으로 좀 찢어 주면 좋겠어요.

나도 뭐 도울 건 없나?

달깍

스슥~

그러고 보니…

그거야 쉽지.

뭐……

그냥 이것저것.

피오레 씨와 무슨 얘기 했어요?

우리의 공통 화제라고는 테오 너 말고는 없지.

어떤 이야기 인데요?

뭐, 그렇게 따지자면 ……

네?

저요?

나와 피오레는 오늘 처음 만난 사이니까.

우리도
오늘
만나서
바로
결혼한
거지만.

나한테
첫눈에
반해서
결혼하길
원했다.

테오가
악마
소환을
하고

피오레나 다른 안내 직원들이 테오를 어떻게 생각하는지를 들었다.

어쩐지 무섭네요……

흣…

그럴 리가 있겠어?

안내 직원들 모두 너한테 호감을 갖고 있지.

절 싫어하는 건 아니죠?

흐으음……

그렇 군요… 다행이네요.

야아…

이성적 감정을 품은 자들이 많으니까.

단순한 호감을 넘어

테오는 안심한 듯하지만......

피오레의 말로는

모두가 테오와 그런 관계가 되어도 좋다고 생각하는 모양이야.

......테오는 모르는 것 같지만.

나는, 솔직히 불안한데.

......그러니까 결론은 하나지.

남자 집에 간 적은 테오네 집 말고는 없어요.

......누구에게도

붕꾸
붕꾸

44

아니···

아무것도
아니다.

?

실례합니다.

똑
똑

45

안녕
하세요~

피오레 씨!

철
컥

아......

저어
ㅇ......

테오,
이제 일어
났구나?

의뢰 완료
보고도
안 하러
가서.

죄송
해요.

괜찮아,
괜찮아.

내가
그 정도
잔챙이한테
질 리는
없으니까.

키메라를
무찔렀다는
소문이
마을 곳곳에
다 퍼졌거든.

그래서
무사
하다는 걸
알았어.

헬비 씨!

피오레는
키메라와의
싸움······
아니,

헬비 씨는
정말
대단하네요.

아
하
하
······

키메라를
보고
잔챙이
라니······

싸움조차도
되지 않았던
사냥을,

그리고
그 사체를
보지 못했다.

그걸 다 봤던
테오마저도
그녀가
얼마나
강한지
알지 못한다.

그렇기에
헬비의
압도적인
힘을
모른다.

그럼 준비하고 있겠어?

난 잠시 화장실 좀 다녀올 테니까.

네, 알겠어요!

와아아

고마워.

그럼 저녁 먹을까요?

마침 다 차렸거든요.

타 박

타 박

팡

아침에는 봐줬지만 이번에는 그럴 수 없지.

……자, 그럼

쓰레기 청소나 하러 가 볼까.

그러나 지금부터 몇 분 안으로—

아직까진 키메라 뿐이다.

헬비의 압도적인 힘을 아는 건

늘어나게 된다.

그 강력한 힘을 깨닫게 되는 자가

크크크…

저런 엄청난
미인은
처음 보는데?

이야.

굉장한
여자잖아?

과연
소문대로군.

이곳에
모인 건
한때 테오와
파티를
짠 적이 있는
자들이다.

오늘 아침
테오가
갑자기
약혼자라는
여자를
데리고 왔다.

이에
테오 주제에
건방지다며
누군가
이곳저곳에
소식을
퍼트렸다.

이렇게
대단한
미녀가
테오의
것이라니
용납할 수
없다.

그렇다면…
아예
빼앗으면
될 일이다.

그렇게
생각한
자들이
테오의 집
근처
뒷골목에
모여

기회를
노리던
참이었다.

이 세계에서
거의 보기
힘들 정도의
미모.

여자에
굶주린
남자들이
푹 빠지는
것도
당연한
일이다.

칼이다.

너희 파티 리더 이름이 뭐라고?

그 녀석은 지금 다쳐서 왔다.

두고 왔다.

아아, 그랬지.

칼은 안 오나 봐?

......이 녀석들 한테 사실을 말할 필요는 없겠지.

다친 건 거짓말이 아니다.

하지만... 여기 안 온 진짜 이유는...

흥...

낄 낄낄 낄

이런 좋은 밤에 다쳤다니.

어이구, 불쌍해라.

칼에 대해 다른 놈들에게 말하면 나를 포함한 파티원 모두가 얕보일 거야.

칼을 감싸 줄 필요까지는 없지만… 지금은 입을 다무는 편이 제일 좋겠지.

다른 파티에 말해서 오늘밤에 습격하기로 했다.

동료들은 겁에 질려 움직이지 않으려는 칼을 포기하고

테오의 약혼자만큼은 아니지만 걔도 나쁘지 않지.

……아까 길드 안내 직원인 피오레가 집에 들어가는 걸 봤어.

더는 못 기다린 다고!

그보다 언제 시작할 거야!

여자를 둘이나 맛볼 수 있다고 ……!!

지금 들이치면

우오오 오오ㅡ!!

좋았어!

그럼 슬슬 가자고!

그 미녀를 맛볼 권리를 가지는 거로 하자!

테오를 죽인 놈이

쓰레기가

시끄럽군.

그러나 그 잔치는 ㅡ

모두가 곧 열리게 될 잔치에 들떠 있다.

저 벅

이곳은 키메라가 살던 곳이었지.

키…

키메라가 살던 곳?!

야, 다들 진정해.

칫…

지금 그런 괴물이 있는 곳에 온 거야?!

그래, 맞아!

그

키메라는 이미 잡혔다고 들었어!

오늘 키메라를 잡았다고 그러던데.

뭐…?

그 키메라는 내가 잡았다.

하하하하…

키메라가 있으면 어쩌나 했네……

『소원을 빌려고 악마를
소환했는데 너무 예뻐서
결혼해 버렸습니다
악마의 새 신부 ——— Vol. 2

어어……?

털썩

어?

털썩

털썩

털썩

……

흠……

라고 했지?
……네놈이.

'테오를
죽인 놈이
여자를
맛볼 권리'

자,
그럼

널 살려 둔
이유다만
……

테오를

죽인다는

그 말
자체가

나를
이토록
불쾌하게
만들 줄은

나도
몰랐다.

으아악
······!

아

네놈에게는

딴 놈들과는
다른 지옥을
겪게 해 주지.

앗

헬비 씨!

어서
오세요!

다녀왔어.

그래.

거의 테오가
다 했는데 뭘.

피오레 씨도
도와
줬는걸요.

아하
하...

맡기기만
해서
미안하군.

마침
준비가
다 됐어요.

오늘 저녁은 뭐지?

오늘은 말이죠…

햄버그 스테이크예요!!

치익

치익

치익

헬비 씨가 고기를 좋아한다고 해서

제일 잘하는 고기 요리를 해 봤어요!!

오오오오 ……!!

와앙아앙

우물 우물

왁 왁

깨 물

자··· 잘 먹겠 습니다!!

똑꾼 똑꾼

서걱

참 맛있어,
테오.

......음.

다행이에요
......!

그래요?

왜액……

……
하아……

테오가 너무
귀여워……

바들……
바들 바들……

하지만
……

흠쭉

하마터면
몸부림칠
뻔했어…

잘 버텼다.

피오레!

……저 미소는
반칙
이잖아.

생긋

후―……

저 미소를
보고도

어떻게
저렇게
태연하지……?

그럴 리가
없잖아.

테오의
미소를 보고
모성 본능이
자극받지 않는
인생이라니
손해네…

그렇다면
좀 안타까운
마음이
드는데……

혹시
테오의 미소를
보고도
아무 느낌이
안 드는 건가?

당연히
귀엽지.

우우웁?!

그보다
갑자기 왜
머릿속에서
목소리가
……?!

괜찮아요,
피오레 씨?

소···

속에
없혔어……

꿀꺽...

아니.

괜찮아.

물 가져다 줄까요?

파닥

파닥

아니......

아무것도 아니에요.

괜찮은가?

왜 그러지?

아니.

착각이 아니다.

내 착각이었던 걸까......?

방금 헬비 씨 목소리가 들린 것 같았는데......

네 머릿속에다
말하는 거니까.

?!

우물...

우물...

생글
생글

그래,
난 최강
이니까.

악!

우물
우물

그···

그런 것도
할 수 있어요
······?

그건
아직 잘
모르겠지만
······

군이 말로 하지 않아도 머릿속으로 대화가 통하게 된 두 사람.

테오가 보면 요리에 푹 빠져 열심히 먹는 모습으로만 보일 것이다.

그건 동감이긴 한데……

어떻게 그렇게 노골적으로 말해요?

봐라, 저 얼굴을.

저걸 보고도 귀엽다는 말을 어떻게 안 할 수 있겠나?

무슨 소리지……? 너야말로

말로는
안 했어요.

아까
'너무 귀여워~'
라고 했잖아.

생각만
했다고요.

잘 먹었
습니다~!

저렇게
열심히
먹다니…

기쁘다…

테오는 두 사람
머릿속에서
이런 대화가
펼쳐지고
있음을
알 여지도
없었다.

생
글

생
글
생
글

생
글

디저트?

단 걸 좋아한다고 그랬잖아요!

식후 디저트도 있는데 괜찮으면 드세요.

벌떡

헬비 씨.

정말?

아까 푸딩을 좀 만들었거든요.

피오레 씨 몫도 있어요.

고마워, 테오!

와아아

……테오, 네 몫은 없나?

전 설거지 하고 있을게요.

그럼 설거지는 나중에 해라.

있는데요, 왜요…?

자···

드세요.

쏴

쏴쏴

84

아하하……

역시 예전부터
약혼한 사이라서
그런지,
못 이기겠다……

테오.

좋은 사람과
결혼하게 돼서
참 다행이야.

그렇게까지
과한 칭찬은
……!

아니,
과하긴
무슨.

맛있었다,
테오.

내가
살아오면서
먹은 것 중에
최고였어.

사실을
말했을
뿐이다.

정말
맛있었어.

고마워,
테오.

가···
감사합니다
······!

피오레 씨, 오늘밤 다른 약속은 없으세요?

이제 시간도 많이 늦었으니까 여기서 묵고 갈래요?

그러네 ......

평소라면 여기서 묵고 가고

싶긴 하지만......

하지만 ......

지금까지 몇 번 정도 이 집에서 자고 가긴 했지.

물론 같은 방에서 잔 건 아니었지만

테오도 그다지 의식하지 않는 것 같아.

끼이이익…

나는 테오가 잠들 때까지

긴장해서 한숨도 못 잤단 말이지……!!

샤락…

샤락…

다행히 잠들었네…

휴아

사실 아무 일도 없었지만 ……

손손을 잡았어?!

어디까지 갔어?

어제 테오랑

그리고 다음 날은 꼭 다른 안내 직원 애들로부터 무슨 일이 있었는지 질문 공세를 당하고……

흐음
......
그렇단
말이지.

그렇군.

게다가 지금은
헬비 씨 같은
멋진 아내가
있으니까......

앗

또 마음을
읽어어···

벌떡

갑작

그럼
저도......

그럼
피오레는
내가 집까지
바래다주지.

그러지.

그럼
피오레 씨를
부탁할게요.

그러
네요.

이것도
중요한
일이니까.

테오는
뒷정리를
부탁해.

네!

또 언제든
놀러 오세요!

정말
고마웠어.

테오,
밥 맛있게
먹고 가.

저어.

뭐지?

헬비 씨.

테오네 집에 몇 번이나 묵었는데……

전

헬비 씨 같은 약혼자가 있는 줄 몰라서

그래, 안다.

아니, 괜찮아.

자러 와도 돼.

쭈-쭈-쭈

죄송 해요!!

이제 그런 짓 안 할게요 !!

하하하.

아잉!!

네?

그래도 된다고요?

나는 테오에게 해를 끼치려는 자를 용서하지 않아.

그건 피오레도 봐서 잘 알고 있을 거야.

후후후.

저는 테오 집에 다른 여자는 절대로 자고 가게 하지 않을 줄만 알고······

92

그건……

그렇긴
하지만.

뭐…
그리고

개인적으로는
키스 미수
사건 쪽도
신경 쓰이긴
하는데……

으앗!

그,
그러고 보니
그런 일도
있었군……

아무튼!

앞으로도
사이좋게
지내 줘.

어쨌든
간에
그렇다는
뜻이야…!

피오레는
테오와
사이가
좋으니까…

멈
칫

감사합니다.

아…
네.

흐아아아
……

ㄴ,
네……

당연히…
알죠.

ㅋㅋㅋㅋ

혹시라도 손을
댔다가는……
잘 알고
있겠지?

하지만
아내는
나쁘다.

......
그러고
보니

음?

아

이 근처면
돼요!

그렇군.

물론,
괜찮아.

앞으로도
테오네 집에
묵으러 가도
된다고 했죠?

그럼 오늘은
왜 자고 가면
안 되는데요?

그래.

너는
모르겠구나.

네…?

뭐를
몰라요?

후후후……!

후후……

헬비 씨……?

네에?

그랬어요?

하하하

나와 테오는
오늘
결혼했거든.

뭐가요?

그러니까
……
알겠나?

앗···

그게 무슨 소리예요?!

어쩔 수 없지. 아직 피오레는 어린애인 모양이야.

모르는 모양이군 ······

그래.

그 말은 즉―

오늘 결혼했다.

즉?

소원을 빌려고 **악마**를
소환했는데 너무 예뻐서
결혼해 버렸습니다
악마의 새 신부 ———— Vol.2

STORY 009 아기 만드는 법

처
처

첫날밤
……!

방해받으면
좀 그렇지
않나.

그런
성스러운
'밤'을

아주 당연한
이유긴
하지만……!!

설마 그런 이유로
자고 가면 안 되는
거였다니……!!

아뇨……

괜찮아요.

미안하군.

오늘
자고 가게
할 수는
없어.

…
그러니

하지만
내일부터—

너는 나한테
'처음'이냐고
했지?

나는
지금까지의
내가
아니게 되니

그래……
지금까지의
나는 그렇지.

잘 부탁한다.

즐거운
시간
보내세요!

즈

104

그럼
조심히
가라,
피오레.

내일
보자.

네······!

네,

어서
오세요!

앗

헬비 씨!

다녀왔어,
테오.

......
그래.

이제
이걸로
끝…

달각
달각
…

곧 끝나니까
괜찮아요!

양이
많았을
텐데…

좀 도와
줄까?

헬비 씨?

...헙!!

갑자기 미안하군.

뺨이 물에 젖었길래 손으로 좀 닦았어.

왜 그러세요?

저어……

아

그랬군요?

감사합니다.

아차, 나도 모르게 그만……

만지작…

만지작…

만지작…

……아.

지금 할 테니까 기다려 주세요.

목욕물을 데우지 않았네요!

아

……?

두근...

두근...

대체
어떻게 하면

......

첫날밤을
맞이할 수
있는 거지……?

……하아.

두근...

그리고
첫날밤에
하는
그것도

서로에게
처음…… 일
터인데.

첫날밤도
난생처음 겪는
일이야.

피오레한테는
그렇게
자신만만하게
말했지만……

두근...

두근...

……잠깐만.

테오는
처음이
맞겠지……?

나는
처음이지만

테오가
처음이라는
보장은
그 어디에도
없다.

테오와
계약했을 때
입수한 정보를
전부 떠올려
보자ㅡ!

테오가
처음이
아니라면…
특별히 내가
무슨 짓을
할 것도
아니지만

그건
그것대로
마음속으로는
실망하긴
하겠지.

다행이다.

없군…

그러니
처음을
경험했다면
분명 있을 터.

테오 안에서
특별히 기억에
남은 것이
많지.

계약 시에
입수하는
정보에는

테오
아스펠.

14세.

그렇
지만
새로운
문제가
발생했다
……!

아하하… —성에 대한 지식이

우후후…

아예 없다!

활짝—

테오 안에서는 부끄러운 기억으로 남아 있어.

열세 살쯤 몽정은 했지만… 오줌을 싼 줄 알고

음?

…잠깐만.

설마 자신이 '첫 사정'까지 마친 것조차 이해하지 못했을 줄이야……!

설마 이 정도로
테오가 성에 대해
아는 게 없을 줄은
몰랐어.

이거……

오히려
큰일
아닌가……?

나는
지식으로는
있지만

경험은
전무해.

그리고
테오는
지식도,
경험도
없지.

이를
어쩌면
좋나……

그런 우리가
제대로 된
첫날밤을
치를 수
있을 리가
없어.

112

……좋아.

헬비 씨.

목욕물
준비
다 됐어요.

테오!

왓?!

덥

썩

결심했다.

……

공부하자!

멍
어어엉…

……네에?

하면 알게 될 거야.

공부라니 뭐에 대해서요?

우선 거기에 앉아라.

아, 저어 ......?

...말은 그렇게 했지만

으, 응..

?

그...그래......

우선 테오.

......뭐부터 가르치면 좋지?

안절 부절

왔 다 갔 다

네?

아...

아기 말인가요?

너는 아기가 어떻게 태어나는지 알고 있나?

그게 말이죠 ⋯⋯

꼼질⋯

꼼질⋯

그,

그게
아니라.

항

뭐지,
저 몸짓은?
귀여워……

아닌 건
아니지만,
아무튼
지금은 그게
중요한 게
아니라.

항

하아

하지만 기억을
확인해 보니
그런 것 같진
않던데……

꼼질……

꼼질……

이 반응.

설마
알고 있는
건가?

머뭇……

머뭇……

부부가 된
남녀가

열 달 후에
황새가 아기를
가져다준다고
……!

……
키스하면

꼼질……

꼼질……

황새?

......

흘끔...

설마
그런 미신을
믿고 있었을
줄이야...

정말
귀엽다......

내 입술을
보고
머뭇거리는
테오도

헤실

헤실

※현실
도피

허둥 찔둥

왜액

네에?!

키스가 아니라고요?!

그럼 어떻게 아기를 만드는 건데요?!

테오.

앞으로의 부부 생활에 연관된 일이니까

가능한 제대로 가르쳐 주긴 해야지……

아기를 만들려면

남녀가 ……

네?!

알몸으로 서로 끌어안는 다고요 ……?!

무리예요.

너무 부끄러워요 ……!

어디예요?

넣는다 고요?

뭘

네에에?!

그렇게요 ……?!

눈이 마주칠 때다 짜릿한 자극이 온몸을 내달리고 있어……!!

아니, 어떻게 앉은 자세도 저렇게 귀엽지?!

남들이 보면 나는 아내라기보다

무슨 변태 같지 않나…?!

향

향

잠깐만…?!

우리는 어엿한 부부라고……

진정하자……

진정해, 헬비……!!

아직은
힘들겠어.

허둥
지둥

테오의
모습을
보니

······
후우
······

원래라면
이대로
첫날밤을
맞이해서
첫경험을 하고
싶었지만······

"그럼 실천하자"
······ 라고
말하는 건
너무 잔인한
일이니까.

아기 만드는
법을 알고
동요하는
테오한테

일단 이렇게
귀여운 남편을
맞이한 것으로
만족하지 뭐······

그러고 보니
처음
만나자마자
결혼했었지.

어쩐지
휩쓸려서
결혼까지
간 것
같지만......

그 선택은
잘했다고
생각해.

그렇지 않으면
오늘 만난
남자한테
갑자기
'첫경험'을
바치려 할 리가
없지.

......하긴

그래,
서두를
필요는
없으니까.

천천히

서두르지
않아도

테오의
마음이
준비될 때까지
기다리자.

앞으로
몇 년,
몇십 년이나
같이 살게
될 테니까.

헉둥

알몸으로
......

헬비
씨랑
제가

으,
무리야
......!

아아
아!!

헉둥
둥둥

으흐흑

귀여워.

이제부터 며칠…… 아니, 몇 주나…… 이 모습을 볼 수 있잖아.

아직 안 해도 전혀 문제없어!!

두둥!!

저어……

네……

그게

테오, 괜찮나?

악마의 마음을 이렇게나 흔들 수 있는 것도 테오뿐이겠지.

방금 기다리자고 결심했으면서 이렇게 빨리 다짐이 무너지다니

그냥 확 지금 덮칠까?

아냐, 안 돼.

어흠…

오늘은 이만 자지.

내가 정신이 흔들리는 일은 절대로 없는데……

정신을 흐리는 착란 마법을 써도

내가 들어가 있는 사이에 얼굴도 볼 수 있음 좋겠군.

목욕물을 데웠다고 그랬지?

먼저 들어가도 되겠나?

아 네 그러 세요.

악마인
헬비는
본래 목욕에
의미 따위
전혀 없었다.

몸이
더러워질
일이 없기
때문이다.

그냥
목욕이
좋았다.

흐음...

설령
피 때문에
몸이
더러워
지더라도
마법으로
바로
깨끗하게
할 수 있다.

그러나
헬비는...

딱 좋군.

찰랑...

또한
옷을 벗을
필요도
없다.

의식하기만
해도
옷이
사라지고
알몸이
될 수 있다.

찰캉...

슥

기분
좋다.

하아......

목욕물 온도까지도 테오와 내 취향은 같은 모양이야.

아주 작은 상성마저도

맞아 들면 기뻐진다.

언젠가
테오와 같이
목욕하고
싶으니까

좀 더 넓은
욕조를
마련하는 게
좋겠어.

아기를
가지려면
헬비 씨의
알몸을 봐야
할 텐데……

아니,
그건
당연하지만
……

지…

지금쯤
헬비 씨는
알몸으로
목욕 중일
텐데……

소원을 빌려고 **악마**를
소환했는데 너무 예뻐서
결혼해 버렸습니다
악마의 새 신부 ——————— Vol. 2

STORY
010 테오의 테오

헬비는 굳이 타월로 몸을 닦을 필요도 없고

그저 의식하기만 해도 바람처럼 바로 물기를 말려 버릴 수 있다.

그럼...

이제 자기만 하면 되는데......

스읔

오늘 처음으로
성을 깨달은
테오에게 있어서는
상당히 자극적인
차림새겠지만……

쿡쿡…

이걸로
조금 의식해 주면
좋겠군.

그녀는
확신범
이었다.

테오.

뿟뿟…

뿟뿟…

………

그럼 저도
씻으러
가 보겠……

다행
이네요!

다
씻었다.

안
네…
네!

물 온도도
좋았어.

씻~

씻고
올게요!

별

떡

!?

악마인 헬비는
평범한 인간과는
비교할 수
없을 정도의
동체 시력을
갖고 있다.

……
테…

그래서
순간적
이었지만
놓치지
않았다.

테오의
......

테오가
......!!

'테오'하고
있는 것을.

......뭐

그렇게 맛있게 익은 과일을 눈앞에 두고 먹을 수 없다니……

과연 내가 참을 수 있을까?

이건 어쩌면 고문 같은 게 아닐까?

악마란 당연히 인내와는 인연이 없는 존재지.

지금까지 특별히 뭘 참은 적이 없어.

하지만 이번에는 참기로 결심했잖아…!!

결심은 했는데……

아… 테오의 냄새…

언젠가는 덮쳐 버릴 것만 같아!!

조금이라도 뭔가로 발산하지 않으면……

이건 너무 힘들잖아!!

하앙…

늦어서
미안해요.

하아…

하앙…

?

역시 이미
유혹하는 것
같은데?!

테오는
헬비와
달리
유혹할
생각은
하지도
않았다.

더는

그러나
의식하지
않기에……

못 참겠다
……

무방비한
귀여움이
배어 나오고
있었다.

혹시 어디
몸이라도
안 좋으세요?

왜
그러세요?

네.

테오……

덥석

키스하자.

……네?

……

키...

키스요?!

키스
말이야.

그게...

그래도
되지?

키스만으로
아기는 절대
생기지 않아.

아기가
......

정말요?

황새가
아기를
데리고
오는 건요
……?

아니.

절대로
그런 일은
없어.

털
썩

여기에
용병 길드의
안내 직원
아가씨들이
있었으면

"저것 좀 봐!
벽치기야!"라고
난리를
쳤겠지……

！

......
괜찮지?

저어……

하고
싶으세요……?

......저와
키스

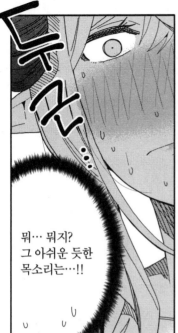

두근…

나도 모르게
숨이
거칠어져서
……

아차……

항아…

하아…

뭐… 뭐지?
그 아쉬운 듯한
목소리는…!!

앗……

시무룩…

두근…

……테오.

두근…

아아……
정말이지,
테오……

넌 그렇게까지
내가 덮치길
바라는 거냐……!

두근…

잘 들어.

두근…

츕...

으음...

달다.

·······

달콤해
······

츕...
맛있다.

하아...

츕...

입만이
아니라
숨결도
달콤해.

츕...

츕...

으음......?!

츄우웁...

하아…

하아…

후우…

후우…

하아…

—몇 분

아니,
몇십 분을
했을까……

하아…

그런 멍한
눈으로……!!

너무
귀여운 거
아니냐고!!

……헬비…

씨……

또 바로
하고 싶어
지잖아!!

지금은
일단
참아야 해…!!

이 이상 하면
제어가 아예
안 될 것 같아……!!

그,

키스는.

......
어땠어?
테오......

나와의

기분
좋았어요......

아주

꼼
질...

꼼
질...

참아야
한다,
헬비.
참아라…!!

…그,
그래.

뭐냐,
저 몸짓은!
너무
귀엽잖아!!

부들
부들

테오의 옆방에 있는 노부부가 쓰던 침실 침대를 써도 될까?

괜찮지만 요즘 청소를 안 해서 먼지가 쌓였을 텐데……

네……

슬슬 잘까.

그럼……

빤긁

그……

그러려고요.

내일도 일찍 길드로 갈 거지?

꼬옥

더는 인내심에 한계가……

그보다 빨리 테오에게서 멀어져야 해…

부들부들

마법으로 깨끗하게 치우면 되니 괜찮다.

빤긁

163

저어……!

앗

왜 그러지?

죄송해요.

붙잡고
말았어요
……

외…
외로워서

164

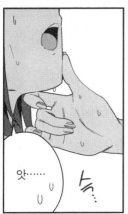

앗……
≒…

하!♡

하!♡

순간
심장이
멈추는 줄
알았어
…!!

태어나서
처음으로
죽음을
각오했다
……!!

뛰고
있는 거
맞지……?

쪽

아……
……

저어
……

……하

……이걸로
됐지?

부탁
드릴게요……

한 번 더

166

소원을 빌려고 **악마**를
소환했는데 너무 예뻐서
결혼해 버렸습니다
악마의 새 신부 ——————— Vol.2

작가 후기

「악마의 새 신부」 2권을 구매해 주셔서 감사합니다!
작화를 맡은 도나리케루입니다.
1권에 비해 두 사람의 사이가 더 깊어진 것 같은데,
앞으로도 여러 캐릭터가 늘어나 떠들썩해질 테니
기대해 주세요···!!
(저도 기대됩니다!)
그럼 앞으로도 잘 부탁드립니다!

소원을 빌려고 악마를 소환했는데
너무 예뻐서 결혼해 버렸습니다 2
~악마의 새 신부~

초판인쇄 : 2024년 10월 8일
초판발행 : 2024년 10월 15일

원작 : shiryu
만화 : 도나리케루
옮긴이 : 김진아
편집 : 천강원, 김도운, 김동주, 윤혜인, 이현희
디자인 : 이종건, 신다님, 최은정

펴낸이 : 황남용
펴낸곳 : ㈜재담미디어
출판등록 : 제2014-000179호
주소 : 04035 서울특별시 마포구 월드컵로 8길 48
전자우편 : books@jaedam.com
홈페이지 : www.jaedam.com

인쇄·제본 : ㈜코리아피앤피
유통·마케팅 : ㈜런닝북
전화 : 031-943-1655~6 (구매 문의)
팩스 : 031-943-1674 (구매 문의)

ISBN : 979-11-275-5489-7 (2권) 07830
　　　　　979-11-275-5434-7 (세트)